डॉ. रामविलास शर्मा

चरित्रगत विशेषताएं और मान्यताएं

एक बानगी

संकलन और सम्पादन
विजय मोहन शर्मा
संतोष शर्मा

अनन्य प्रकाशन

प्रकाशक : **अनन्य प्रकाशन**
ई-17, पंचशील गार्डन, नवीन शाहदरा
दिल्ली-110032
फोन नं. 92051 55356
E-mail : prakashanananya@gmail.com

प्रथम संस्करण : 2021
पुनर्मुद्रण : 2026

ISBN : 978-81-951097-2-2

मूल्य : ₹ 125

शब्द-संयोजन : कम्प्यूटेक सिस्टम, दिल्ली-110032

मुद्रक : लकी प्रिंटर्स, दिल्ली-110032

Dr. RAMVILAS SHARMA KI CHARITGAT VISHESHTAEIN
AUR MANYATAEIN
Sankalan aur Sampadan
Vijay Mohan Sharma, Santosh Sharma

अनुक्रम

भूमिका

रामविलास जी की चरित्रगत विशेषताओं को जानने के लिए और उनके उद्देश्यों, सिद्धांतों को नजदीक से देखने के लिए, उनके द्वारा समय समय पर दिए गए संदेशों और उनके पत्रों में दी गयीं टिप्पणियों पर नजर डालना आवश्यक है। चूंकि यह सामग्री आसानी से उपलब्ध नहीं है, इस संकलन में, रामविलास जी के बारे में कुछ ऐसी ही सामग्री एकत्र करने का प्रयत्न किया गया है जो इस श्रेणी में आती है और जिससे उनके अधिकांश पाठक अनभिज्ञ हैं।

इस संकलन की रचनाओं को, मुख्य तौर पर, पाँच भागों में बांटा जा सकता है। पहले भाग में वह रचनाएं हैं जो रामविलास जी के बारे में हैं। यह रचनाएं ऐसी जगह से प्रकाशित हुई हैं जिन पर आम पाठकों की नजर नहीं पड़ती। उदाहरण के तौर पर इस संकलन का पहला लेख मूलचंद गौतम जी का लिखा हुआ है जो एक पारिवारिक पत्रिका 'सचेतक' में छपा था। दूसरा लेख विजय गुप्त जी का लिखा हुआ है जो 'साम्य' पत्रिका में छपा था। इस श्रेणी में अगली तीन रचनाएं श्रीनारायण पांडे जी की हैं, जो रामविलास शर्मा जी द्वारा उनको लिखे पत्रों के साथ 'पक्षधर वार्ता' में प्रकाशित हुई थीं। इस कड़ी का अंतिम लेख शरद नागर जी को लिखे पत्रों पर आधारित है। यह बात सर्वविदित है कि रामविलास जी कुछ भी लिखने से पहले बहुत तैयारी करते थे। उनसे अमृतलाल नागर रचनावली की भूमिका लिखने के लिए कहा गया। वह नागर जी को अर्से से जानते थे और बहुत करीब से जानते थे। दोनों मित्रों ने एक दूसरे की लगभग सभी रचनाओं को पढ़ा था, बल्कि लिखते समय सुना भी था। यहाँ तक कि अपने प्रिय मित्र की आलोचना से प्रभावित होकर अपने लेखन को बदल भी दिया था या दोबारा से लिखा था। फिर भी उन्हें जब अपने घनिष्ठ मित्र की रचनावली की भूमिका

लिखने के लिए कहा गया, तो उन्होंने शरद के सामने प्रश्नों की झड़ी लगा दी। इस लेख से यह पता चलता है कि रामविलास जी अपने काम के प्रति कितने सजग थे और लिखने से पहले कितनी तैयारी करते थे। शरद को लिखे ग्यारह पत्र इस बात का साक्ष्य प्रस्तुत करते हैं।

अगली श्रेणी में रामविलास जी द्वारा समय समय पर दिए गए संदेश आते हैं। यह संदेश उन्होंने विभिन्न अवसरों पर दिए हैं। इन संदेशों में जहां एक तरफ प्रगतिशील लेखक संघ की स्वर्ण जयंती का अवसर है तो दूसरी तरफ ट्रिनीडाड में होने वाले विश्व हिन्दी सम्मेलन के लिए संदेश है। इस प्रकार के संदेश क्रम संख्या 8 से लेकर 17 तक हैं। संदेशों में साम्राज्यवाद और सामंतवाद से लड़ने के अतिरिक्त विदेशी पूंजी के बहिष्कार और हिन्दी जाति की अवधारणा आदि पर जोर दिया गया है। यह सब ऐसे विषय हैं जिनके लिए रामविलास जी जीवन पर्यंत लड़ते रहे।

रामविलास जी को बहुत से लोग—बल्कि हर तरह के लोग—पत्र लिखते थे और रामविलास जी बड़े धैर्य से उनके पत्रों का उत्तर देते थे। इन पत्रों में कुछ पत्र ऐसे होते थे जो प्रश्नवाचक थे और पाठक अपनी जिज्ञासाओं का उत्तर ढूंढ रहे थे। इनमें से कुछ प्रश्न उन लोगों के थे जिन्होंने उन्हें पढ़ा था या किसी विषय पर शोध कर रहे थे, और उनका मार्ग दर्शन चाहते थे। कुछ पत्र ऐसे भी थे जो उनके पाठकों ने हताश होकर लिखे थे। इन पत्रों में कुछ इस प्रकार की बातें होती थीं, जैसे 'चारों ओर अंधकार है', 'आप कैसे अपनी आस्था बनाए हुए हैं', 'हम क्या कर सकते हैं' आदि। रामविलास जी ने बड़े धैर्यपूर्वक इन सब पत्रों के उत्तर देते थे। इस खंड की सामग्री उनके दिए गए उत्तरों पर आधारित है। उनके लिखे सारे पत्रों को देना यहाँ संभव नहीं था इसलिए बानगी के तौर पर कुछ पत्र ही दिए गए हैं। इनसे पता चलता है कि रामविलास जी अंधेरे में भी किस तरह मशाल जलाए रहते थे और दूसरों को रोशनी और रास्ता दिखाते थे। इन्हें क्रम 18 से 31 तक देखा जा सकता है।

अगली कड़ी की सामग्री उन्हें मिले पुरस्कारों से संबंधित है। यह भी सर्वविदित है कि रामविलास जी हिन्दी में बड़े पुरस्कारों के खिलाफ थे। उन्होंने कहा था कि हिन्दी में 15-20 हजार से अधिक राशि के पुरस्कार देना पैसे की फिजूलखर्ची है। इसकी समझ में इस पैसे को साक्षरता प्रसार पर लगाना चाहिए। आज के युग में जब पुरस्कार पाने के लिए लोग हर तरह की जोड़-तोड़ करते हैं, इस

तरह की बातें कहना आसान हैं किन्तु उन्हें अमल में लाना बहुत मुश्किल। रामविलास जी जो कहते थे वह करके भी दिखाते थे। उन्होंने लाखों रुपये की राशि इसी काम के लिए दान कर दी। क्रम संख्या 32 से लेकर 36 तक पुरस्कारों से संबंधित उनके पत्र या वक्तव्य हैं।

इनके अलावा उनके चरित्र को उजागर करती कुछ और सामग्री क्रम 37 से 42 तक में दी गयी है। रामविलास जी नहीं चाहते थे कि विदेशी राज्य, खास तौर से साम्राज्यवादी देश पैसा देकर हमारे देश की सांस्कृतिक गतिविधियों में दखल दें। इससे लेखक के स्वाभिमान पर असर पड़ता है। उन्हें जब पता चला कि भारत भवन भोपाल को फोर्ड फाउंडेशन से पैसा मिलता है तो उन्होंने वहाँ जाने का निमंत्रण ठुकरा दिया।

रामविलास जी यह भी मानते थे कि जो आदमी साहित्य रच सकता है उसे अन्य कामों जैसे राजनीतिक या प्रशासनिक कार्यों में नहीं पड़ना चाहिए। कुछ प्रसंग इसकी पुष्टि के लिए हैं।

निराला जी कि मृत्यु के बाद जगह-जगह पर समारोह हुए। इनमें से एक कार्यक्रम राष्ट्रपति भवन में भी आयोजित किया गया था। निराला जी राजनीतिज्ञों का साहित्य में दखल देने और साहित्यकारों का उन्हें ऊंचे पदों पर बैठाने (जैसे अध्यक्षता) के खिलाफ थे। एक बार उन्होंने सम्पूर्णानंद जी की अध्यक्षता में बनी समिति की मीटिंग में जाने से मना कर दिया था क्योंकि सम्पूर्णानन्द जी उस समय मंत्री थे। यही सोचकर रामविलास जी ने राष्ट्रपति भवन में जाने के लिए मना कर दिया।

रामविलास जी कि नजर इतनी तेज थी कि वह पंक्तियों के बीच में छुपा मतलब भी समझ लेते थे। इस बात को वह रेखांकित करना भी नहीं भूलते थे, चाहे लिखने वाला उनका मित्र ही क्यों न हो और उसे बुरा लगने की भी संभावना हो। देखें इस संकलन की अंतिम प्रवृष्टि जो श्याम कश्यप जी से संबंधित है।

इस तरह की छोटी-छोटी बातों से उनका चरित्र उजागर होता है, उनकी मान्यताओं और सिद्धांतों का पता चलता है और यह भी, कि उनकी कथनी और करनी में कोई फर्क नहीं था।

आशा है पाठकों को यह संकलन उन्हें समझने में सहायक होगा।

–विजय मोहन शर्मा, संतोष शर्मा

काश! उन्हें कोई चन्द्रगुप्त मिले होते...

डॉ. रामविलास शर्मा प्रतिभा के चरम शिखर पर पहुँच कर अवसान को प्राप्त हुए। ऐसे मनीषी के दिवंगत हो जाने पर मोह कैसा? पता नहीं उन्हें पुनर्जन्म में आस्था थी कि नहीं? उनका वर्तमान जन्म उनके ऋषित्व का संकेत करता था। वेदान्त भी इसकी पुष्टि करता है। वह घोर कलिकाल में संत थे।

एक-एक पैसे को दांत से पकड़ने वाले, हर अवसर को स्वार्थ में भुनाने में माहिर लोगों के बीच, पंद्रह-सोलह लाख रुपया जनसेवा में सौंपकर जो आचार उन्होंने प्रस्तुत किया—वह शंकराचार्य से अलग और मठीय व्यवस्था से आगे का है। उन्होंने कोई मठ और गढ़ नहीं बनाया, चाहते तो बना सकते थे—इतनी सामर्थ्य उनमें थी।

अपने-आप ही उनका एक 'फैन्स ऐसोसिएशन' इस देश में चलता है। लोग इस सहज साधक के दीवाने हैं और रहेंगे। कारण कि देश के इतिहास, भाषा, संस्कृति व साहित्य का वैसा अध्येता अब भविष्य में शायद ही दूसरा हो। वह पुराने तमाम आदर्श पुरुषों से आगे निकल गए थे—एकांतिक-तपलीन। उनके परिजन चाहते तो एक विशाल शवयात्रा निकलती दिल्ली में, लेकिन शायद शर्मा जी की प्रतिष्ठा के अनुकूल न होता उनका यह सम्मान। वह हर दिखावे-प्रदर्शन से वैसे भी बरसों से दूर थे।

एक बार विकासपुरी के घर में ही मैनेजर पांडे के साथ उनके दर्शन का सुयोग मिला था। 'भारत में अंग्रेजी राज और मार्क्सवाद' पुस्तक आयी थी। दो शब्दों का वह बराबर प्रयोग करते थे—मजेदार और दिलचस्प। ज्ञान हस्तामलकवत्। उम्बेतों मेलोन्ती की मैकमिलन से 'मार्क्स और तीसरी दुनिया' तभी छपी थी। चर्चा चली, तो उन्हें एक-एक बात पता थी। पांडे जी से जे.एन.यू. लाइब्रेरी से मंगाकर पुस्तकें पढ़ने को आतुर। नयी-से-नयी जानकारी से लैस। ज्ञान के सागर

के भीतर घुसकर मोती लाने में माहिर गोताखोर। साम्राज्यवाद विरोध के दीप-स्तम्भ।

तमाम लोग उन पर आक्रमण करके उनसे बेहतर दिखने को आतुर। अशोक वाजपेयी के नेतृत्व में तमाम पिद्दी लोगों ने गालियां तक देने में कोई कसर नहीं छोड़ी। यशपाल, जैनेन्द्र, राहुल, रांगेय राघव के साहित्य के बारे में रामविलास जी की धारणाओं को लेकर तरह-तरह की आपत्तियाँ। वैचारिक संकीर्णता—यहाँ तक कि ब्राह्मणवाद के घटिया आरोप। रामविलास जी जो कह चुके, सो कह चुके। राजेन्द्र यादव तक को उन्हें गरियाने में परहेज नहीं। यह हिन्दी के रचना जगत के निकृष्ठ दाँव-पेंच है। भूधर ज्यों ध्यानमग्न। धरती की तरह सर्वहारा—कबहुँक हौं यहिरहनिरहौंगो। देहिनोस्मिन्यथे देहे...।

उनके अवदान पर शास्त्रीय चर्चाओं का विस्तार यहाँ संभव नहीं।

बस यही चिंता है कि इस देश के नेतृत्व और जनता का कैसा दुर्भाग्य है कि उसके और जनहित में संलग्न विचारकों में कोई तारतम्य नहीं। योजनाओं में उनका कोई सहयोग नहीं। रामविलास जी की नियति भी इससे कतई अलग नहीं। उन्होंने देश के विकास, आत्मनिर्भरता, भाषा, जातीय समस्या को लेकर जो विश्वव्यापी धारणा विकसित की, उससे नेतृत्व को जैसे कोई सरोकार नहीं; न पक्ष को, न विपक्ष को। तो सब केवल किताबी मामला भर है। बस इस्तेमाल कर लो, पुरस्कार देकर।

पुरस्कारों की राशि न लेने के पीछे रामविलास जी का प्रतिरोध कौन समझे, क्यों समझे? अवतारवाद और मूर्तिपूजा से गांधीजी की दुर्गति सबके सामने है। उनके विचारों पर कोई नहीं चलता; गांधी के राजनीतिक और आध्यात्मिक, दोनों उत्तराधिकारियों ने उन्हें भुनाया भर। ऐसे में नोबल पुरस्कार का भी क्या अर्थ है, अगर वह केवल अलंकरण है तो। यह बेहद चालाक दुनिया है : कई तरह से मारती है; पूजकर भी, उपेक्षा से भी।

तो क्या रामविलास जी केवल बौद्धिक-साहित्यिक दुनिया तक सीमित रह जाएंगे। जब तक हिन्दी समाज उनका मूल्य और महत्व समझेगा तब तक बहुत देर हो चुकी होगी...या, यह जड़ता एशियाई समाज की नियति है।

रामविलास जी को प्रश्नचिह्न लगाना बहुत प्रिय था। तो हम देश के नेताओं के, दलों के आगे ही क्यों न प्रश्न चिह्न लगा दें और प्रतीक्षा करें ऐसे नेतृत्व की जो रामविलास जी के निर्देशों का समाज बनाने में रुचि ले? तब तक उनके विचारों की लौ को बचाए रखना हमारा फर्ज बनता ही है।

(सौजन्य लेखक मूलचंद गौतम; 'सचेतक' से साभार)

रिपु बलवंत देख नहिं डरहीं, एक बार कालहु सन लरहीं

उन्होंने मेरी हर समस्या का समाधान किया। हर प्रश्न का उत्तर दिया। कभी गुरुवत, कभी पित्रवत तो कभी बड़े भाई की तरह उन्होंने समझाया। हताशा और उदासी के अंधकार भरे पलों से बाहर निकाला। अंधेरे से जूझने और प्रकाश की ओर बढ़ने का रास्ता दिखाया। न केवल साहित्य बल्कि जीवन को भी समझने का ज्ञान दिया।

उनकी ज्ञान-दीक्षा में सहजता थी, आतंक नहीं। स्नेह था, अहंकार नहीं। उनकी रचनाओं का प्रकाशन किसी भी प्रकाशक के लिए गौरव की बात थी। बावजूद इसके, उन्होंने लघु पत्रिकाओं को अपनी रचनाएं दीं।

पाठक उनके पत्रों को पढ़कर महसूस कर सकते हैं कि उनका एक-एक पल बेहतर मनुष्य और शोषणमुक्त जीवन के लिए समर्पित था। उनके जीवन और साहित्य में कोई फर्क नहीं था। निर्भीक लेखन और निडर जीवन। अपने प्रिय कवि तुलसीदास और निराला की तरह रामविलास जी भी किसी से नहीं डरते। गलत को गलत और सही को सही कहने का अपूर्व साहस है उनमें। वे हर समय, हर जगह, उस शख्स के साथ खड़े हैं जो अन्याय और अत्याचार के विरुद्ध है। हर सहायता हर सहयोग के लिए वह तैयार हैं। पत्रों में फिजूल की बातें बिल्कुल नहीं हैं। वह अपने समय और दूसरों के समय का मोल समझते हैं। बहुत जरूरी होने पर ही वह बड़े पत्र लिखते हैं।

मैंने यह भी महसूस किया है कि उनके पत्र सार्थक और लक्ष्य केंद्रित होते हैं। पल भर के लिए भी रामविलास जी अपने महान उद्देश्यों को नहीं भूलते। चाहे हिन्दी जाति की अवधारणा हो, हिन्दी के सम्मान का प्रश्न हो, पूंजीवाद, साम्राज्यवाद, विदेशी पूंजी का आक्रमण हो, या मानवजाति और धरती पर मंडरा रहा कोई भी खतरा हो, वह युद्ध के लिए तत्पर होते हैं। शस्त्र उठाते हैं और दूसरों को भी उठाने और लड़ने के लिए प्रेरित करते हैं। उन्हें देख तुलसीदास ही याद आते हैं–

'रिपु बलवंत देख नहिं डरहीं, एक बार कालहु सन लरहींश्व'

(सौजन्य विजय गुप्त; 'साम्य' से साभार)

हिन्दी के प्रति समर्पण

रामविलास जी अंग्रेजी के अध्यापक थे। अंग्रेजी साहित्य पर कुछ पुस्तकें तथा कुछ अन्य लेख अंग्रेजी में भी लिखे हैं। किन्तु उन्होंने हिन्दी में लिखने का जैसे संकल्प कर लिया था। आज जबकि लोग अपनी सामान्य रचनाओं को भी विदेशी भाषा में अनूदित देखने को लालायित हैं, रामविलास जी को वह लालच नहीं था। यह भाषा प्रेम भी उनके जातीय प्रेम का अंग है। उन्हें अंग्रेजी लेखन से 'धन' और 'यश' दोनों मिल सकता था। उन्होंने जातीय प्रेम की बेदी पर धन और यश दोनों को कुर्बान किया है।

रामविलास जी के लिखने का दायरा बड़ा विस्तृत है। अनुवाद मिला दें तो भाषा, साहित्य, इतिहास, अर्थशास्त्र, राजनीति, दर्शन, समाजशास्त्र, संगीत, पत्रकारिता, सम्पादन 'क्या क्या' नहीं लिखा। वे एक से दस किताबें लिखने वाले लेखक नहीं थे। सैकड़ों पढ़कर एक किताब लिखते थे। रामविलास जी के प्रति हमारे जैसे लोगों की श्रद्धा का कारण उनका लेखन और उनकी मार्क्सवाद में अटूट आलोचनात्मक आस्था है।

(श्रीनारायण पांडे 'पक्षधर वार्ता' मई-दिसंबर 2008)

प्रगतिशील लेखक संघ और रामविलास शर्मा

एक अन्य महत्वपूर्ण बात है प्रगतिशील लेखकों के बिखरने की। आम धारणा यह बनाई गयी है कि संघ के विघटन के कारण रामविलास जी हैं। रामविलास जी ने इसके लिए 'कम्युनिस्ट आंदोलन में विसर्जनवादी प्रवृत्ति' को जिम्मेदार ठहराया है। दरअसल बिखराव की खोज व्यक्ति में नहीं प्रगतिशील लेखक संघ तथा कम्युनिस्ट आंदोलन के बीच की जानी चाहिए।

रही विवाद की बात। उसकी तो घुट्टी ही पीकर वे पैदा हुए थे। वह आदमी ही क्या जो जीतेजी और मरने के बाद भी विवादों में न रहे। यह उनकी जीवंतता का लक्षण है।

रामविलास जी की अन्य महत्वपूर्ण पहचान 'हिन्दी जाति' है। इस पर भी उन्होंने लंबे समय तक बहुत कुछ लिखा है। यहाँ तक कि मृत्यु के पहले तक और दूसरों ने भी उनके पक्ष में विपक्ष में कुछ कम नहीं लिखा है। बहुतों को उनकी 'नासमझी' पर क्षोभ है।

(श्रीनारायण पांडे 'पक्षधर वार्ता' मई-दिसंबर 2008)

भारतीय नवजागरण

रामविलास जी का एक प्रिय विषय हिन्दी नवजागरण के साथ भारतीय नवजागरण भी है। हिन्दी नवजागरण को समझने के लिए भारतीय नवजागरण की समझ आवश्यक मानते हैं। इसलिए कि हिन्दी नवजागरण का संबंध बंगला नवजागरण से है। अतएव बंगला नवजागरण में उनकी विशेष रुचि थी। अपनी 'महावीर प्रसाद द्विवेदी और हिन्दी नवजागरण' की भूमिका में उन्होंने लिखा है, "भारत के राष्ट्रीय नवजागरण का संबंध सामान्यतः राजा राममोहन राय से जोड़ा जाता है। बंगाल के लिए यह सही है, आवश्यक नहीं कि हर प्रदेश में वैसी ही प्रक्रिया घटित हुई हो।" इसे पढ़कर बंगला नवजागरण पर हाथ-पाँव मारने वालों ने यह अर्थ निकाला कि वे बंगला नवजागरण के महत्व को नकारते हैं।

वे बंगला नवजागरण के रंगरेशे को पहचानने के लिए कितने उत्सुक थे उसका अंदाज उनके पत्रों से लगता है।

(श्रीनारायण पांडे 'पक्षधर वार्ता' मई-दिसंबर 2008)

भूमिका लिखने से पहले की तैयारी

रामविलास जी और अमृतलाल नागर की पहली मुलाकात निराला जी के घर पर सन 1934 में हुई थी। उसके बाद यह दोस्ती परवान चढ़ती रही और जीवन पर्यंत बनी रही। दोनों मित्रों की रचनाओं के पहले पाठक और आलोचक वे ही होते थे और एक दूसरे को दी गयी सलाह को बड़ी गम्भीरता से लेते थे। यहाँ तक कि आवश्यकता पड़ने पर किताब के उसके अंश को दोबारा से लिख डालते थे। नागर जी के देहांत के बाद उनके पुत्र शरद नागर ने अमृतलाल नागर रचनावली निकालने की योजना बनाई। संपादक शरद नागर और प्रकाशक विश्वनाथ ने रामविलास जी से इसकी भूमिका लिखने के लिए कहा। रामविलास जी अमृतलाल नागर को वर्षों से जानते थे, उनकी रचनाओं से अच्छी तरह से परिचित थे फिर भी इस ग्रंथ की भूमिका लिखने के लिए उन्होंने शरद नगर से कुछ सामग्री मांगी। इन पत्रों में किए गए उनके प्रश्नों को देखकर पता चलता है कि रामविलास शर्मा जी किसी भी काम को पूरा करने से पहले कितनी तैयारी करते थे।

पत्र संख्या 1

'पाया पत्र तुम्हारा' में नेमिचन्द्र जैन और मुक्तिबोध का आपसी पत्र-व्यवहार आवश्यक टिप्पणियों के साथ प्रकाशित हुआ है और वह एक छोटे से युग का इतिहास बन गया है। तुम्हारे बाबूजी और हमारा पत्र-व्यवहार उसी तरह टिप्पणियों सहित प्रकाशित हो तो वह एक बड़े युग का इतिहास बन जाएगा। उनके शेष पत्र अन्य संकलन में दिए जा सकते हैं। (अंतराल में यह पत्र-व्यवहार 'अत्र कुशलम तत्रास्तु' के नाम से विजय मोहन शर्मा और शरद नागर के संपादकत्व में किताब घर से प्रकाशित हुआ)

(शरद को पत्र 23.3.1990)

पत्र संख्या 2

'पाया पत्र तुम्हारा' राजकमल से प्रकाशित है। वहाँ किसी पुस्तकालय में मिल जाए तो देख लेना। नहीं तो हमें लिखना, हम अपनी प्रति भेज देंगे। ऊपर से देखने में युग के इतिहास जैसी कोई चीज उसमें न होगी। पर जो लोग नई कविता और प्रयोगवाद के प्रारम्भिक दौर से परिचित हैं, उन्हें यहाँ नई और बहुमूल्य सामग्री मिलेगी। 'रूपतरंग' के साथ प्रकाशित निबंध में हमने इस सामग्री का उपयोग किया है।

(शरद को पत्र 3.4.1990)

पत्र संख्या 3

रचनावली के संदर्भ में : 'नाटकों का संकलन प्रकाशक महोदय ने नहीं छापा था'। 'उनके अनूदित साहित्य और बाल साहित्य को रचनावली में सम्मिलित करने के लिए प्रकाशक सहमत नहीं हुए'। ऐसा लगता है, रचनावली में क्या हो, क्या न हो, इसका निर्णय प्रकाशक के हाथ में है। इसलिए उचित यह होगा कि प्रकाशक मुझे लिखें, वह किस तरह की भूमिका चाहेंगे, कितनी बड़ी भूमिका और कब तक उसे लिखकर भेजना आवश्यक होगा। वाणी प्रकाशन के अरुण ने एक दिन मुझसे कहा था, मैं नागर जी का पत्र-व्यवहार चाहूँगा। मैंने कहा, शरद से बात कर लेना। यदि तुमसे बात हो तो जैसा ठीक समझो उत्तर दे देना। यह भी कह सकते हो– बाबूजी की जो चीजें रचनावली में नहीं हैं, पहले उन्हें छापो। मेरे परिवार के जो भी पत्र मिलें, छाँट लेना और मुझे सूचित कर देना। मैं अवस्थी (रामविलास जी के छोटे भाई जो लखनऊ में ही रहते थे) को लिख दूंगा वह आकर ले जाएंगे। 'चकल्लस' और 'टुकड़े टुकड़े दास्तान' मेरे पास नहीं है।

(शरद को पत्र 27.4.1990)

पत्र संख्या 4

विश्वनाथ जी का पत्र भूमिका लिखने के बारे में मिल गया है। तुम ग्रंथावली की विषय सूची भेज दो। मैं खास तौर से जानना चाहता हूँ कि गांधीजी की मृत्यु के बाद तुम्हारे बाबूजी ने 'नवजीवन' में जो लेखमाला निकाली थी, 'माधुरी' के पढीस अंक में पढीस जी पर लेख, 'गढ़ाकोला यात्रा', सुहाग के नूपुर (नाटक) इसमें हैं या नहीं।

मेरे पास 'चकल्लस' और 'टुकड़े टुकड़े दास्तान' नहीं है, यह मैंने विश्वनाथ जी को लिख दिया है।

(शरद को पत्र 10.6.1990)

पत्र संख्या 5

'नवाबी मसनद' का प्रथम संस्करण मेरे पास नहीं है। संभवतः वह 1939 में निकला था। क्या इससे पहले की कोई पुस्तक रचनावली में शामिल की गई है? तुम्हारी सूची में पुस्तकों के प्रकाशन का समय नहीं दिया गया। अच्छा हो, अंतिम खंड में कालक्रमानुसार प्रकाशित पुस्तकों की एक सूची दे दो। जो उनके लेखन का विकास समझना चाहेंगे, उन्हें उससे सुविधा होगी। तुम्हारे बाबूजी ने निराला जी की बिगड़ती हालत पर क्षुब्ध होकर एक लेख में लिखा था—ये सब हिन्दी लेखक न रहें तो अच्छा (या कुछ ऐसा ही)। तुम्हें याद है कहाँ छपा था? उनके जीवन के कुछ तथ्य देने होंगे—तुम्हारी दादी, नानी, बा, दोनों चाचा, भाइयों, बहनों के बारे में। लखनऊ में कब, कितने दिन, कितने मकानों में रहे, उनके उपन्यास के मूल पात्र कौन हैं। क्या कभी डायरी लिखते थे? लखनऊ में उनके मुसलमान मित्र? इस संबंध में फुरसत से सामग्री जुटाना और अगस्त में कभी भेज देना। भूमिका सितंबर में लिखूँगा।

(शरद को पत्र 29.6.1990)

पत्र संख्या 6

रचनावली की भूमिका लिखने की तैयारी कर ली है। तुम्हारे बाबूजी को हँसते-बोलते देखकर लोग यह कम ही समझते थे, वह चुपचाप कितना दर्द सहते हैं, इस दर्द का संबंध परिवार में अनेक स्नेही जनों की मृत्यु से ही था, और यह घटनाक्रम लड़कपन से लेकर बुढ़ापे तक चला। तुम्हारे दादा, दादी, नाना, नानी, दोनों चाचा और जीजा—इनके निधन के वर्ष देना जरूरी है। यह अप्रिय कार्य है पर इसकी जानकारी जल्दी ही मिलनी चाहिए। साहित्य साधना में जिस मनोबल की जरूरत होती है, उसकी पहचान दुःखद घटनाओं के ज्ञान से ही होगी।

'नवाबी मसनद' से पहले की कोई पुस्तक रचनावली में है?

(शरद के नाम पत्र 8.9.1990)

पत्र संख्या 7

'अल्लाह दे' का पहला अंक कब निकला? सनीचर, चकल्लस, 'नया साहित्य' के अलावा और कोई सम्पादन कार्य? 'तुलाराम शास्त्री' कब कहाँ से? इनकी सब कहानियाँ 'एक दिल हजार दास्तान' में हैं? बाँकेलाल पहली बार कहाँ से? रचनावली में जिन पुस्तकों के नाम आए है, उनमें 'तुलाराम शास्त्री', 'कालदण्ड की चोरी', 'आदमी नहीं, नहीं' के अलावा भी कोई है? हों तो उनका लेखन/प्रकाशन-काल भी लिखना। क्या 'कामरेड प्रेमदास' की पांडुलिपि तुम्हारे पास है? हो तो प्रथम और अंतिम पृष्ठों की फोटोकौपी भेजना।

महीना भर पहले मैंने विश्वनाथ जी को लिखा था : नाटक मेरे पास नहीं हैं, दो तीन पुस्तकें मेरे यहाँ से कोई ले गया है। बहुत दिन राह देखने के बाद पिछले हफ्ते उन्हें फोन किया तो बताया कि सामग्री भेजने को कह दिया था। इस हफ्ते उनके मेरे यहाँ सामग्री के साथ आने की बात है।

(शरद को पत्र)

पत्र संख्या 8

प्रश्न : 'प्रसाद' कब निकला? 'अवशेष', 'एटम बम', 'एक दिल हजार दास्तान' के प्रकाशक, 'पीपल की परी' के प्रकाशक और प्रकाशन का साल? 'भारतपुत्र नौरंगीलाल', 'सिकंदर हार गया', 'कृपया दायें चलिए', 'हम फिदा-ए-लखनऊ' के प्रकाशक और प्रकाशन वर्ष? 'मेरी श्रेष्ठ व्यंग्य रचनाएं' का प्रकाशन वर्ष? 'मेरा प्रवास' और 'आँखों देखा गदर' कब छपे? बजरंगी सीरीज का प्रकाशन वर्ष? 'माझा प्रवास' के अलावा अनुवादित पुस्तकों के नाम। प्रकाशक और प्रकाशन वर्ष आदि? इसी प्रकार बजरंगी के अलावा अन्य बाल साहित्य का प्रकाशन वर्ष आदि? कितनी लिखाई की। कितने प्रकाशकों से सौदा किया? कब-कब चीजें छपीं—लेखक का संघर्ष समझने के लिए इसकी जानकारी आवश्यक है। लोकप्रिय कवि सिरीज में भगवती बाबू के संकलन की भूमिका तो नहीं आई? 'मानस का हंस' लिखने का सुझाव क्या राजपाल का था?

(शरद को लिखा पत्र)

पत्र संख्या 9

अन्य प्रश्न : 'साहित्य और संस्कृति' में कुछ लेखकों के प्रकाशन वर्ष : प्रेमचंद

का विस्तृत लेख (पृ. 32), पुरानी कलम की धार (पृ. 58), सुब्रह्मण्यम भारती और महाकवि नर्मद (पृ. 150, 154), लखनऊ का स्थापत्य (पृ. 218), बटुक प्रसाद पुरस्कार किस साल मिला? 'टुकड़े-टुकड़े दास्तान' के पृ. 37 के आरंभ में ही माधुरी में प्रकाशित जिस कहानी का जिक्र है, उसका शीर्षक क्या था? उपलब्ध हो तो प्रतिलिपि भेजो। दो महीने पहले मैंने विश्वनाथ जी को लिखा था—मेरे पास 'शतरंज के मोहरे' और 'जिनके साथ जिया' नहीं हैं, इन्हें, और नाटक भेजिए। कोई उत्तर न आने पर मैंने फोन किया। उन्होंने कहा अगले हफ्ते सामग्री लेकर स्वयं आऊँगा। इस बात को भी महीना भर हो गया, वह नहीं आए। वीरेंद्र यादव जी ने नवभारत टाइम्स वाली कतरन भेज दी थी। 'पीढ़ियाँ' की प्रति राजपाल से मिल गयी थी। तुमने केमिस्ट्री अपनी इच्छा से पढ़ी थी या सुझाव/आदेश बाबूजी का था?

प्रश्नावली समाप्त हो गयी। फुरसत में उत्तर देना।

(शरद को लिखा पत्र)

पत्र संख्या 10

तुम्हारे 30.1.90 के पत्र के साथ भेजी हुयी सामग्री 2/2 को मिल गयी।

'शतरंज के मोहरे' तथा 'ग्यारह सपनों का देश' की प्रतियाँ मिल गयी थीं। विश्वनाथ जी यहाँ नहीं आए, उनका कोई पत्र नहीं आया। उनके यहाँ से कोई सामग्री नहीं मिली। चकल्लस में, अपनी ओर से, मैं केवल चतुरानन चौबे नाम से लिखता था। पर मेरी किसी भी रचना पर कोई नाम संपादक—विशेष रूप से नरोत्तम, फिट कर देते थे। जहां तक मैं जानता हूँ, कोई निश्चित उपनाम नहीं थे।

(शरद को पत्र 5.2.1991)

पत्र संख्या 11

आज रचनावली की भूमिका विश्वनाथ जी को भेज दी। रजिस्टर्ड डाक से एक प्रति तुम्हें भी भेजी है।

(शरद को लिखा पत्र 29.5.1991)

प्रगतिशील लेखक संघ की स्वर्ण जयंती के लिए संदेश

विदेशी पूंजी का दबाव भारत पर पहले भी था, इधर और बढ़ गया है। इस दबाव का एक परिणाम था भारत का विभाजन, दूसरा परिणाम है पंजाब और कश्मीर में संप्रदायवाद का प्रसार। इस दबाव के रहते भारत न तो पूर्ण रूप से स्वाधीन है, न उसकी एकता आंतरिक रूप से सुदृढ़ है। इस दबाव का जवाब है स्वदेशी आंदोलन, विदेशी पूंजी के निवेश पर रोक, बहुराष्ट्रीय कंपनियों की घुसपैठ पर पाबंदी, अंग्रेजी को हटा कर भारतीय भाषाओं का व्यवहार, हिन्दी के द्वारा भारत के मजदूरों और किसानों का संगठन, सुब्रमण्य भारती, रवीन्द्रनाथ और प्रेमचंद की साहित्य परंपरा का विकास।

पचास साल पहले प्रेमचंद ने जिस महाजनी सभ्यता की तीखी आलोचना की थी, आज वह संसार को आणविक युद्ध के विनाश की ओर तेजी से ठेल रही है, भारत पर विदेशी पूंजी के दबाव को खत्म करने का अर्थ है विश्वशान्ति की रक्षा में कारगर योगदान। भारत, पाकिस्तान और बांग्ला देश का जनवादी आंदोलन बिखरा हुआ है, उसकी एकताबद्ध शक्ति साम्राज्यवादी-सामंतवादी अवशेषों को ध्वस्त करके जनता का भाग्य बदल सकती है।

प्रगतिशील लेखक संघ की स्वर्ण जयंती के अवसर पर मेरी हार्दिक कामना है कि आज की परिस्थिति के अनुरूप अपने कर्तव्य निबाहने में देश के लेखक सफल हों।

(22.3.1986)

काशी में जुड़ने वाले साहित्यकारों को भेजा गया संदेश

हमारे समाज में अनेक प्रकार के अंतर्विरोध हैं। सारे अंतर्विरोधों की जड़ है—साम्राज्यवाद और सामंतवाद में समझौता। हमारे साहित्य में अनेक प्रकार के अवसरवाद है। सारे अवसरवादों की जड़ है—शासक वर्ग के अनुकूल रहकर सुख सुविधा का जीवन बिताना। आज देश की हालत जितनी खराब है उतनी पिछले चालीस साल में नहीं थी। वर्तमान व्यवस्था को बदलने के लिए कारगर भूमिका निबाह कर ही लेखक प्रगतिशील कहलाने के हकदार हो सकते हैं। इस संदर्भ में काशी में जुड़ने वाले लेखकों के परस्पर विचार विनिमय की सफलता चाहता हूँ, इसके साथ ही डॉ. नामवर सिंह के दीर्घायु होने, उनकी आलोचक क्षमता के पूर्णतः व्यक्त होने की कामना करता हूँ।

(16.5.1988)

'नया पथ' के संपादकों और जनवादी लेखक संघ के नेताओं से कुछ प्रश्न

नवजागरण की समस्या पर विचार करने से पहले मेरी समझ में 'नया पथ' के संपादकों और जनवादी लेखकों के नेताओं को इन प्रश्नों का उत्तर देना चाहिये :

1. हिन्दी जाति का अस्तित्व मानते हों तो बताएं, इसका निर्माण अंग्रेजी राज में हुआ या उससे पहले हुआ?
2. किसी जन समुदाय की एक ही जातीय भाषा होती है या अनेक? यदि अनेक तो रूस या चीन से कोई उदाहरण दें।
3. हिन्दी उर्दू के क्रियापद एक ही हैं। किन्ही दो भाषाओं का उदाहरण दें जिनके क्रियापद एक हों फिर भी वे दो पृथक भाषाएं हों।
4. भारत को राष्ट्र मानते हों तो अनेक भाषाओं वाले देश की राष्ट्रीयता का आधार बताएं।
5. सी.पी.आई. (एम.) का मुखपत्र अंग्रेजी में निकलता है। संसार की किसी कम्युनिस्ट पार्टी का उदाहरण दें जिसका मुखपत्र विदेशी भाषा में निकलता रहा हो।

(12.10.1989)

कलकत्ते के हिन्दी सम्मेलन के लिए शुभकामना

कलकत्ते में हिन्दी भाषी मजदूरों की बहुत बड़ी संख्या है, उनमें सांस्कृतिक समारोह आयोजित करें। कलकत्ते में बहुत बड़ा हिन्दी भाषी वर्ग है, इनमें साहित्य प्रेम जगायें, इनकी साहित्यिक अभिरुचि को परिष्कृत करें। जहां तक बने, एक मंच पर बंगला हिन्दी साहित्य प्रेमियों को एकत्र करें। कलकत्ता बालमुकुंद गुप्त, अमृतलाल चक्रवर्ती जैसे लेखकों का साधना स्थल रहा है। इनकी रचनाएं संकलित करें और उन्हें प्रकाशित कराएं।

सफलता के लिए मेरी शुभकामना है।

(20.4.1991)

जन संस्कृति मंच के लिए संदेश

पुरानी धारणा है कि :

1. भारतीय समाज में हजारों साल से कोई परिवर्तन नहीं हुआ।
2. भारत में जाति-बिरादरी है, वर्ण हैं, वर्ग नहीं हैं।
3. निर्गुणपंथी साहित्य नीची जातियों का है, प्रगतिशील है, सगुणपंथी साहित्य ऊँची जातियों का है, प्रतिक्रियावादी है।
4. हिन्दी जाति नाम की कोई जाति नहीं है; ब्रज, अवध आदि जनपद स्वतंत्र जातीय प्रदेश हैं। और
5. भारत नाम का कोई राष्ट्र नहीं है, यहाँ अनेक स्वाधीन राष्ट्रीयताएं (प्रदेशगत जातियाँ) निवास करती हैं।

लेकिन :

1. सोलहवीं सदी में यूरोप के व्यापारी भारत का तैयार माल खरीदने को आपस में लड़ रहे थे, यहाँ के अधिक औद्योगिक विकास के कारण।
2. यहाँ के बुनकर और किसान एक जाति, वर्ण और संप्रदाय के नहीं थे, न उनके शोषक व्यापारी और सामंत एक जाति, वर्ण और संप्रदाय के थे।
3. कबीर के गुरु रामानंद ब्राह्मण थे, और तमिलनाडु के नम्मालवार संतों में ब्राह्मण और शूद्र दोनों थे।
4. कबीर की अधिकांश रचनाएं ब्रज और खड़ी बोली में हैं, तुलसीदास की रचनाएं ब्रज और अवधी में हैं, सूर के पद ब्रज के बाहर भी खूब गाये जाते हैं, हिन्दी कवि जयशंकर प्रसाद भोजपुरी जनपद के हैं, निराला अवध के हैं, जनपदों के अलगाव के खात्मे और हिन्दी जाति के

ऐतिहासिक गठन की यह प्रक्रिया बराबर जारी रही है।

5. अंग्रेजों के विरुद्ध आन्दोलन में अनेक प्रदेशों के लोग शामिल हुए थे, और इसलिए देश-विदेश में यह राष्ट्रीय स्वाधीनता आंदोलन कहलाया था।

बीसवीं सदी में साम्राज्यवाद विश्व पैमाने पर सामंती अवशेषों की रक्षा करता रहा है, उसने सोवियत संघ को तोड़ने और चीन को बड़ी ताकतों में बाँट लेने का प्रयास किया है, भारत के विभाजन के बाद वह उसे और भी विघटित करने में लगा है। ऐसी स्थिति में हिन्दी जाति की आंतरिक एकता को, हिन्दी अहिंदी जातियों की राष्ट्रीय एकता को, वर्तमान व्यवस्था को बदलने के लिए हमारे लेखक जो भी प्रयत्न करते हैं, उसकी सफलता के लिए मैं अपनी शुभकामना भेजता हूँ।

ट्रिनीडाड विश्व हिन्दी सम्मेलन के लिए संदेश

यह जानकर प्रसन्नता हुई कि ट्रिनीडाड में पाँचवाँ विश्व हिन्दी सम्मेलन हो रहा है। उसकी सफलता के लिए मैं शुभकामना भेजता हूँ।

बहुत समय पहले ब्रिटेन और यूरोप के पूंजीपति अपने उपनिवेशों में काम कराने के लिए भारत से बहुत से कुली मजदूर ले गए थे, इनमें काफी बड़ी संख्या हिन्दी भाषियों की थी। इन्हीं हिन्दी भाषी कुली मजदूरों ने हिन्दी को विश्व भाषा बनाया है। इनके साथ जो अहिंदी भाषी कुली मजदूर थे, वे आपस में बातचीत के लिए हिन्दी का व्यवहार करते थे। गांधी जी ने दक्षिण अफ्रीका में इसी तरह अहिंदी मजदूरों को हिन्दी का व्यवहार करते पाया था। भारत में विभिन्न प्रदेशों के लोग हिन्दी के माध्यम से निरंतर अपना संपर्क घनिष्ट करते गए हैं। विभिन्न भाषाएं बोलने वाली भारतीय जनता अपना आंतरिक संपर्क बढ़ाए, यह उसकी सामाजिक आवश्यकता है। इस आवश्यकता की पूर्ति द्वारा भारत की सामान्य जनता राष्ट्रीय एकता को निरंतर सुदृढ़ करती रही है। भारतीय मूल के जो लोग अन्य देशों में रहते हैं, उनकी भी सामाजिक आवश्यकता है कि वे आपस में और भारतीय जनता से अपना संपर्क सुदृढ़ करते रहें। यह कार्य अंग्रेजी की अपेक्षा हिन्दी के द्वारा ही प्रभावशाली ढंग से और व्यापक स्तर पर सम्पन्न हो सकता है।

भारत की सभी प्रादेशिक जातियों की गौरवशाली प्राचीन भाषिक परंपरा है। ऋग्वेद के पचासों शब्द आज भी हमारी भाषाओं में प्रयुक्त होते हैं। अंग्रेजी राज कायम होने से पहले भारत के अनेक प्रदेशों में हिन्दी अन्तर्जातीय व्यवहार का माध्यम बन चुकी थी। स्वाधीनता आंदोलन के दौरान विभिन्न प्रदेशों की जनता हिन्दी द्वारा एकताबद्ध हुई। अंग्रेजी का प्रभुत्व साम्राज्यवाद की विरासत है। विदेशी

पूंजीपति यह प्रयत्न बराबर कर रहे हैं कि यह प्रभुत्व बना रहे तथा पहले से भी सुदृढ़ हो, इसलिए ब्रिटिश उपनिवेशों के लोग जितना ही आर्थिक रूप से आत्मनिर्भर होंगे, उतना ही वे अपनी भाषा और संस्कृति को प्रतिष्ठित करेंगे।

विश्व भाषा के रूप में हिन्दी का भविष्य उज्ज्वल है। साम्राज्यवादी प्रभुत्व के दिन गए। हर देश में जनता अपनी राजनीतिक स्वाधीनता के साथ आर्थिक परनिर्भरता से मुक्त होने के लिए संघर्ष कर रही है। इस संघर्ष में विश्व जनता के संपर्क की भाषा हिन्दी है। इस संघर्ष में यह जनता जितनी ही आगे बढ़ेगी, उतना ही हिन्दी का राष्ट्रीय और अंतर्राष्ट्रीय महत्व उजागर होगा।

(परमानन्द पांचाल के नाम पत्र 6.12.1995)

पत्रकारों का दायित्व

आधुनिक हिन्दी साहित्य के अभ्युदयकाल से हमारे कवियों, कथाकारों का घनिष्ठ संबंध पत्रकारिता से रहा है। भारतेन्दु हरिश्चंद्र, बालकृष्ण भट्ट, प्रतापनारायण मिश्र ने अपने लेखन से हिन्दी प्रदेश में साम्राज्य विरोधी चेतना का प्रसार किया। इसी परंपरा में निराला, बालकृष्ण शर्मा और माखनलाल चतुर्वेदी ने जनता की क्रांतिकारी भावना को निखारा। स्वाधीनता आंदोलन के इतिहास में बाबूराव, विष्णु पराड़कर के 'आज' और गणेश शंकर विद्यार्थी के 'प्रताप' के नाम आदर से लिए जाएंगे। इस समय हिन्दी पत्रकारों को दो मुद्दों पर विशेष ध्यान देना चाहिए–

1. विदेशी पूंजी के दबाव का विरोध करके देश को आर्थिक रूप में आत्मनिर्भर बनाना।
2. हिन्दी भाषी राज्यों को एकताबद्ध करके हिन्दी जनता को शक्तिशाली बनाना और अंग्रेजी का प्रभुत्व समाप्त करना।

(5.3.1998)

राजस्थान प्रगतिशील लेखक संघ के नाम संदेश

मनुष्य जाति के सामने सबसे बड़ा खतरा एटमी युद्ध का है। इस खतरे की जड़ है अमरीकी साम्राज्यवाद। इस साम्राज्यवादी शक्ति का स्रोत है ब्याज का पैसा जो उधार दी गयी रकम पर उसे नव स्वाधीन और समाजवादी देशों से मिलता है। युद्ध को रोकने के लिये इजारेदार पूँजीपतियों की सूदखोरी बंद करनी चाहिए। विदेशी बैंकों को सूद देना साम्राज्यवादी सांप को दूध पिलाना है।

कर्ज लेना बंद करो!
सूद देना बंद करो!
विश्वशान्ति ज़िन्दाबाद!

(27.3.1984)

काशी प्रतिमान के लिए संदेश

हिन्दी जाति भारत की सबसे बड़ी जाति है। ऋग्वेद, तुलसीदास, अट्ठारह सौ सत्तावन, प्रेमचंद, निराला–इसकी महान उपलब्धियां हैं। आज यह जाति हिंदुओं और मुसलमानों, द्विजों और शूद्रों में बँटी हुई है। इस जाति को एकताबद्ध किए बिना देश की एकता को मजबूत नहीं किया जा सकता; हिन्दी प्रदेश से गरीबी, निरक्षरता और अंधविश्वासों को दूर किए बिना भारतीय लोकतंत्र का विकास नहीं हो सकता। काशी प्रतिमान हर तरह के पिछड़ेपन से लड़े, अपने पाठकों की जातीय चेतना को निखारे, हिन्दी पत्रकारिता के विकास में उसका योगदान महत्वपूर्ण हो यह मेरी मंगलकामना है।

(सुरेश्वर त्रिपाठी के नाम पत्र 5.5.1993)

हंस की गोष्ठी 'हिन्दी प्रदेश का वैचारिक संकट'

(हंस ने अपने ग्यारहवें वार्षिक आयोजन में एक गोष्ठी रखी थी जिसका विषय था 'हिन्दी प्रदेश का वैचारिक संकट'। रामविलास जी को भी इस गोष्ठी में बुलाया गया था। इस संबंध में रामविलास जी ने एक संदेश भेजा जो इस प्रकार था :)

हिन्दी प्रदेश के वैचारिक संकट से पहले इस प्रदेश की आर्थिक और राजनीतिक स्थिति पर विचार करना जरूरी है। महाराष्ट्र को देखते हुए यह प्रदेश आर्थिक विकास में पिछड़ा हुआ है, आंध्र प्रदेश को देखते राजनीतिक रूप से विभाजित है। सांस्कृतिक स्थिति पर ध्यान दें तो केरल को देखते हुए साक्षरता प्रसार में पिछड़ा हुआ है। हिन्दी के प्रगतिशील बुद्धिजीवी अपने प्रदेश का बहुआयामी पिछड़ापन पहचानने और उससे उबरने की कार्ययोजना बनाएं, यह मेरा विनम्र निवेदन है।

(हंस परिवार के नाम पत्र 31.7.1995)

जिसमें साहित्य रचने की क्षमता हो...

तुम्हारा नए वर्ष का सचित्र पत्र पाकर प्रसन्नता हुयी। खूब पढ़ो-लिखो, स्वस्थ रहो, परिवार में सबके लिए यह वर्ष मंगलमय हो। 'स्वतंत्र भारत' में तुमने हिंदुओं, मुसलमानों के बारे में मुझसे कहलवाया है : 'ये दोनों अलग-अलग संस्कृतियाँ हैं' मैं इससे ठीक उल्टी बात कहता हूँ 'हिन्दी जाति का इतिहास' तथा मेरी अन्य पुस्तकों में जहां भी हिन्दी जाति की चर्चा है, वहाँ हिन्दू-मुसलमान एक साथ हैं। तुम्हारे अनुसार मैंने विश्वनाथ प्रताप सिंह को 'सदी का सबसे बड़ा ठग' और मुलायम सिंह को 'डाकुओं का सरगना' कहा। जिनसे मेरा राजनीतिक मतभेद हो, उनके लिए मैं ऐसे अपशब्दों का प्रयोग नहीं करता—मैंने साहित्य और राजनीति पर बहुत लिखा है, बहुतों की आलोचना की है। कहीं अपशब्दों का व्यवहार नहीं किया। साहित्यकार का राजनीति में दखल देना उचित नहीं है—यह मेरा मत नहीं है। ऐसा हो तो मैं स्वयं राजनीति पर क्यों लिखूँ? मेरा कहना इतना ही है कि जिसमें साहित्य रचने की क्षमता हो उसे राजनीति के लिए साहित्य छोड़ न देना चाहिए।

(सुरेश्वर त्रिपाठी के नाम पत्र 19.1.1993)

भारत एक बहुजातीय राष्ट्र है

लगभग पूरा कश्मीर, आधा पंजाब, आधा बंगाल मुसलमान है। इनके पूर्वज बाहर से थोड़े ही आए थे, अधिकांश यहीं के थे। जो बाहर से आए, वे कश्मीरी, सिन्धी, पंजाबी, बंगाली हो गए। इससे यहाँ की जातियों का विकास प्रमाणित होता है। रीति-रिवाज में फर्क ब्राह्मणों और शूद्रों में भी है। पंजाबी बंगाली मुसलमानों में है, पंजाबी बंगाली हिंदुओं में है।

जाति और संस्कृति के लिए 'हिन्दी' शब्द का प्रयोग सही है, पर 'भाजपायी और बुनियादपरस्त' केवल हिन्दियों के लिए नहीं, बंगालियों, तमिलों, आन्ध्रों, गुजरातियों आदि सब के लिए 'हिन्दू' शब्द का प्रयोग करते हैं। उनके लिए भारत बहुजातीय राष्ट्र नहीं है, एक जातीय राष्ट्र है, यहाँ केवल हिन्दू संस्कृति है। कोई भी संस्कृति सामाजिक गठन से, वर्तमान काल में जातीयता से, मुक्त नहीं होती इसलिए हिन्दू संस्कृति जैसी कोई चीज नहीं है, मुस्लिम संस्कृति जैसी भी कोई चीज नहीं है। भारत बहुजातीय राष्ट्र है, वैसे ही भारतीय संस्कृति बहुजातीय है।

'हिन्दी और मुस्लिम संस्कृति के मिलन का ठाठ ऐतिहासिक इमारतों और भारतीय संगीत में देखा जा सकता है।' भारत के भीतर और बाहर के मुसलमानों की जातीयता पहचानना बहुत जरूरी है। यहाँ पठान, तुर्क, अरब, ईरानी आए। इनकी भाषाएं और संस्कृतियां अलग-अलग थीं। धर्म इस्लाम था पर धर्म और संस्कृति में भेद है। वास्तव में धार्मिक रीति-रिवाज जातीय संस्कृति के विकास में बाधक होते हैं।

संगीत पर विदेशी प्रभाव नगण्य है। स्थापत्य पर अरब ईरानी प्रभाव जहां-तहां अवश्य है पर दक्षिण में वह भी नहीं है। अकबर से पहले राजस्थान में हिन्दी स्थापत्य के भव्य नमूने हैं। अकबर उनमें बहुत कम परिवर्तन कर सका था।

(विजय गुप्त को पत्र 12.6.1995)

हिन्दी भाषा-भाषी कब हिन्दी प्रांतों में गये?

यहाँ हिन्दी भाषी जनपदों के लोगों का एक प्रदेश से दूसरे प्रदेश में जाना एक बात है। उनका बंगाल, मद्रास आदि जाना दूसरी बात। दोनों में भेद करना चाहिए। जनपदों में लोगों का निवास परिवर्तन तुर्क और मुगलकाल में काफी हुआ है : अवध के मुसलमानों का बिहार में बसना; अवध के गरीबों का दिल्ली पहुंचना; अग्रवालों का पूर्व की ओर बढ़ना। बनारस, आगरा, लखनऊ आदि के अग्रवालों से पूछने पर पता चलेगा कि उनके पुरखे तीन-चार सौ साल पहले आए थे। इसी तरह पंजाब के खत्री आए—तुर्क काल से आना शुरू हुआ और अब वे हिन्दी जाति का अंग हैं। गुजराती भी आए प्रायः अकबर, शाहजहाँ के समय में और वे हिन्दी जाति के अंग बन गए हैं। यद्यपि घरों में गुजराती बोलते हैं।

(श्रीनारायण पांडे 'पक्षधर वार्ता' मई-दिसंबर 2008)

भाषा सामाजिक संगठन का माध्यम है

जातीय चेतना अनेक रूपों में फूटती है। भाषा प्रेम एक रूप है। किसी हिन्दी वाले से जाति की बात करो तो न समझेगा, हिन्दी के प्रचार-प्रसार की बात करो तो तुरंत सचेत हो जाएगा। यह उसके अव्यक्त जातीय प्रेम का लक्षण है। यही बात उर्दू के संबंध में है। उर्दू हिन्दी वालों में वैमनस्य होते हुए भी उर्दू प्रेम हिन्दी जातीयता का ही लक्षण है। यही बात लिपि के बारे में।

भाषा सामाजिक संगठन का माध्यम है इसलिए जातीयता का सबसे शक्तिशाली साधन और लक्षण है। भाषा और लिपि के लिए संघर्ष दमित या विघटित जातीयता के गठन और विकास के लिए ही प्रयास है। वैसे एक ही भाषा बोलने वाली दो जातियाँ भी हो सकती हैं—जैसे अंग्रेज, अमरीकी आदि।

Indian Literature 'On the formation of the Hindustani nature of the problems of its national language' निबंध मेरा ही लिखा हुआ है। इसमें साम्राज्यवाद की भूमिका की तुलना में भारतीय सामंतवाद की विघटन की भूमिका को कम करके दिखाया गया है। यह दोष है।

‘मार्क्सवादियों और प्रगतिशील लेखकों की चरित्रगत कमज़ोरियाँ...’

तुम मार्क्सवाद का अध्ययन करते रहे हो, यह जानकार बड़ी प्रसन्नता हुई। अपने पहले पत्र में, और इसमें भी, तुमने अनेक मार्क्सवादियों और प्रगतिशील लेखकों की चरित्रगत कमजोरियों का जिक्र किया है। इससे निष्कर्ष यह निकालना चाहिए : भारत में सही क्रांतिकारी पार्टी का निर्माण अत्यंत कठिन कार्य है, हर ईमानदार देशभक्त को उसके निर्माण के लिए निरंतर प्रयत्न करते रहना चाहिए। क्रांति जनता करती है, क्रांतिकारी उसे संगठित करते हैं, उसका नेतृत्व करते हैं। उनमें जो अवसरवादी होते हैं, वे आंदोलन के दौरान एक तरफ फेंक दिए जाते हैं। आदमी की निष्ठा मार्क्सवाद (उसके विकासमान रूप) के प्रति, देश और जनता के प्रति होनी चाहिए, अवसरवाद को फलते-फूलते देखकर विचलित नहीं होना चाहिए—जब तक शरीर में प्राण रहें।

(अनंत कुमार ‘पाषाण’ के नाम पत्र 30.12.1987)

amazon.in

Tax Invoice/Bill of Supply/Cash Memo

(Triplicate for Supplier)

Sold By :
Ananya Prakashan
.
1/11829, Ground Floor, Panchsheel Garden,
Naveen Shahdara, Shahdara, Delhi-110032
NEW DELHI, DELHI, 110032
IN

PAN No: AAIPM1247M
GST Registration No: NotApplicable

Billing Address :
BW ECOMMERCE PRIVATE LIMITED
Prop. No.4242, Ward No.11, Plot No.13, Gali No.
2, Ansari Ro, Central Delhi
NEW DELHI, DL, 110002
IN
GST Registration No: 07AAJCB8356L1Z4
State/UT Code: 07

Shipping Address :
BW ECOMMERCE PRIVATE LIMITED
Mohit Soni C/o Bw Ecommerce Pvt Ltd
2/19 Ansari Road., Daryaganj
NEW DELHI, DELHI, 110002
IN
State/UT Code: 07
GST Registration No: 07AAJCB8356L1Z4
Place of supply: DL
Place of delivery: DELHI

Order Number: 404-1748469-0799562
Order Date: 05.10.2026

Invoice Number : IN-616
Invoice Details : DL-869465725-2627
Invoice Date : 05.10.2026

Sl. No	Description	Unit Price	Qty	Net Amount	Tax Rate	Tax Type	Tax Amount	Total Amount
1	Rangeya Raghav Sampurna Kahaniyan -5 "Satyug Beet Gaya" | 8196202210 (7P-4KA7-PARP) HSN 4901	₹140.00	1	₹140.00	0%	IGST	₹0.00	₹140.00
					0%	CGST	₹0.00	
					0%	None	₹0.00	
					0%	SGST	₹0.00	
	Shipping Charges	₹11.25		₹11.25	0%	IGST	₹0.00	₹11.25
					0%	CGST	₹0.00	
					0%	None	₹0.00	
					0%	SGST	₹0.00	
2	Vishad Math | 8196108176 (9Y-Y0XR-N634) HSN:4901	₹140.00	1	₹140.00	0%	IGST	₹0.00	₹140.00
					0%	CGST	₹0.00	
					0%	None	₹0.00	
					0%	SGST	₹0.00	
	Shipping Charges	₹11.25		₹11.25	0%	IGST	₹0.00	₹11.25
					0%	CGST	₹0.00	
					0%	None	₹0.00	
					0%	SGST	₹0.00	

amazon.in

Tax Invoice/Bill of Supply/Cash Memo
(Triplicate for Supplier)

Sl. No	Description	Unit Price	Qty	Net Amount	Tax Rate	Tax Type	Tax Amount	Total Amount
3	Rangeya Raghav : Sampurna Kahaniyan -3 "Marghat Ke Devata" | 8196202202 (J9-NXLN-98CE) HSN:4901	₹140.00	1	₹140.00	0%	IGST	₹0.00	₹140.00
					0%	CGST	₹0.00	
					0%	None	₹0.00	
					0%	SGST	₹0.00	
	Shipping Charges	₹11.25		₹11.25	0%	IGST	₹0.00	₹11.25
					0%	CGST	₹0.00	
					0%	None	₹0.00	
					0%	SGST	₹0.00	
4	Dr. Ramvilas Sharma Charitgat Visheshtaein Aur Manyataein | 8195109721 (HO-XVNF-R7P6)	₹75.00	1	₹75.00	0%	IGST	₹0.00	₹75.00
					0%	CGST	₹0.00	
					0%	None	₹0.00	
					0%	SGST	₹0.00	
	Shipping Charges	₹11.25		₹11.25	0%	IGST	₹0.00	₹11.25
					0%	CGST	₹0.00	
					0%	None	₹0.00	
					0%	SGST	₹0.00	
TOTAL:							₹0.00	₹540.00

Amount in Words:
Five Hundred Forty only

For Ananya Prakashan:

Vandana

Authorized Signatory

Whether tax is payable under reverse charge - No

जनता और खुद पर आस्था बनी रहनी चाहिए

आदमी जमाने से परेशान हो, खुद से न हो, तो निभ जाती है। अब ये 'खुद' बहुत तरह के होते हैं। ऐसा खुद जो क्रांति की राह देखता रहा हो, पर क्रांति की जगह हर जगह बिखराव देखे, तो वह बड़ी मुश्किल से काबू में आता है। क्रांति करनेवालों पर से आस्था उठ जाए, कोई बात नहीं। जनता और खुद पर आस्था बनी रहे तो बड़ी बात है। आदमी कोई ऐसा काम करता रहे, जिससे जनता से उसका संपर्क बना रहे, तो उसे यह न लगेगा कि उसका समय व्यर्थ बीत रहा है। मान लो, वह लिखने के अलावा कुछ नहीं कर सकता तो उसे ऐसी तरकीब निकालनी चाहिए कि उसका लिखा बहुत लोगों तक नहीं तो दस-पाँच लोगों तक ही पहुंचता रहे। हफ्ते-पखवारे में दस-पाँच लोगों को गोष्ठी के लिए बटोरना बहुत मुश्किल न होगा। एक अच्छा काम अनुवाद का भी है; कलात्मक गद्य-पद्य का अनुवाद, जो लेखक को बहुत अच्छा लगता हो। पुराने वैष्णव कवियों को कृष्ण पर बड़ी आस्था थी। बेइमानी, लुच्चई उनके जमाने में भी थी, पर वे इससे परेशान नहीं दिखायी देते। सवाल यह है, आज के क्रांतिकारी लेखक को जनता पर क्या उतनी आस्था है जितनी उन वैष्णव भक्तों को कृष्ण पर थी? वे तो कृष्णप्रेम के गीत गाकर जीवन सार्थक करते थे, क्रांतिकारी लेखक? कविता न छपे तो? क्या करे, वह सोचे और तय करे।

(अनंत कुमार 'पाषाण' के नाम पत्र 7.2.1989)

आप कैसे अपनी आस्था बनाए हुए हैं?

'कम्युनिस्ट पार्टी या किसी पार्टी को गरीबों से कोई मतलब नहीं है', यदि यह सच है तो ऐसी पार्टी बनाओ जिसे मतलब हो। तुम किस लिए हो?

'यहाँ से भाग चलने की इच्छा होती है। लेकिन फिर वही गाँव परिवार के ताने', मध्यवर्गीय ढुलमुलपन और किसे कहते हैं?

जनता की रूढ़ियों, संस्कारों आदि का अध्ययन अवश्य करना चाहिए। इस देश में लाखों आदमी बिना किसी प्रतिरोध के भुखमरी में जान गंवा चुके हैं। पस्ती, निष्क्रियता, निराशा, मृत्यु के सामने आत्मसमर्पण, यही सबसे बड़ी रूढ़ि, सबसे प्रबल संस्कार हैं। तुम्हारे पत्र में यही संस्कार बोल रहा है।

राजनीति न सही, साहित्य में बहुत सा काम करने को पड़ा है। प्रेमचंद ने 'अपने पात्रों को एकदम धीरोदात्त बना दिया', 'कोई कमजोरी उनमें हो ही नहीं सकती'। बड़े ज्ञान की बात लिखी है तुमने। इससे साबित यह हुआ कि राजनीति की तरह साहित्य का मैदान भी क्रांतिकारियों के सर करने को पड़ा हुआ है।

'आप कैसे अपनी आस्था बनाए हुए हैं?' इतनी किताबें लिखने से तुम्हें इस पत्र का उत्तर न मिला तो एक चिट्ठी लिखने से क्या मिलेगा?'

'क्या किया जाए?' जहां हो, वहीं बने रहो और खुश रहो।

(आनंद नारायण पांडे के नाम पत्र 27.10.1982)

अपनी बात दूसरों तक पहुंचाना

बहुत से जीव जन्तु चट्टानों में, रेगिस्तानों में, समुद्र के भीतर, परिस्थितियों के अनुकूल अपने को ढाल कर जी लेते हैं। हम मनुष्य हैं, परिस्थितियों को बदल भी सकते हैं। पहले यह देखना चाहिए कि हमारा इनके अनुकूल बनना कहाँ तक उचित है, फिर यह कि इनमें किन परिस्थितियों को बदलना पहले जरूरी है, उसके लिए हम क्या कर सकते हैं और क्या नहीं कर सकते। लेखक की मुख्य समस्या है– अपनी बात दूसरों तक पहुंचाना, इसके लिए बहुत सी तरकीबें हैं। छोटी-छोटी पुस्तिकाएं निकालना, खुद लिखना, छपाना और बेचना। नाटक करना। कुछ बड़े नाटककारों के नाटक मंचित होने से खूब प्रसिद्ध हुए, छपे बहुत बाद में। कविताएं लिखना, सुनाना। उर्दू कवियों के दीवान कितने विलंब से छपते हैं। तुम भी कोई तरकीब निकाल लोगे।

(कर्मेन्दु शिशिर के नाम पत्र 2.8.1988)

साम्राज्यवाद की विशेषता

साम्राज्यवाद की विशेषता है, सांस्कृतिक पिछड़ेपन की रक्षा करना। सोवियत संघ का विघटन साम्राज्यवाद की बहुत बड़ी विजय है। परिणामतः भारत सरकार पर आर्थिक-राजनीतिक दबाव, कश्मीर, पंजाब में आतंकवाद, अयोध्या में मस्जिद कांड, बंबई में विस्फोट, राष्ट्रीयता के नाम पर संप्रदायवाद, सामाजिक न्याय के नाम पर जाति-बिरादरी वाद, वाम पक्ष में पस्ती, वर्ग संगठनों का विघटन, नौजवानों में निराशा और अराजकतावादी प्रवृत्तियों में वृद्धि, साहित्य का जनता से अलगाव। गरीबी और अंधविश्वासों में हिन्दी प्रदेश अन्य सभी प्रदेशों से आगे! लोग समझने लगें कि यह सब क्यों हो रहा है तो परिस्थिति बदली जा सकती है। विदेशी पूंजी की आमद पर रोक लगाकर, उससे सहयोग करने वालों से लड़कर, हम इस परिस्थिति को बदल सकते हैं।

'साम्य' के लिए नई मशीन ज्यादा जरूरी है

रामविलास जी ने 'साम्य' के संपादक विजय गुप्त जी को लिखा था,

"शोध संस्थान की छत—मेरी समझ में 'साम्य' के लिए नई मशीन ज्यादा जरूरी है। संगीत के इतिहास पर अपना एक निबंध भेज रहा हूँ।"

इसका खुलासा करते हुए विजय गुप्त जी ने लिखा :

"मेरे घर में एक छोटा-सा हॉल है—'डॉ. रामविलास शर्मा शोध संस्थान'। छत की ढलाई पूरी होने पर, बहुत उत्साहित होकर मैंने उन्हें पत्र लिखा था। उन दिनों 'साम्य' की छपाई ट्रेडल मशीन पर होती थी। वह यह जानते थे। उन्होंने बस इतना लिखा कि 'शोध संस्थान की छत' मेरी समझ में 'साम्य' के लिए नई मशीन ज्यादा जरूरी थी। अपने नाम-यश, प्रचार-प्रसार से बिल्कुल बेपरवाह थे रामविलास जी। उनकी यह ऊंचाई विस्मित करती है। चौबीसों घंटे उनके ध्यान में हिंदुस्तान बसता था। वह जीवन भर देश की अखंडता, जनता की सुदृढ़ एकता के लिए लिखते रहे, लड़ते रहे। नए मोर्चे खोलते रहे। लगातार प्रश्न उठाते रहे, उकसाते रहे और समाजवाद की ओर जाने का सही रास्ता बतलाते रहे। उनके दिखाए रास्ते पर चलकर हम पूंजी और साम्राज्यवाद के खेल को समझ सकते हैं और देश पर हो रहे आर्थिक-सांस्कृतिक हमलों का मुंहतोड़ जवाब दे सकते हैं।"

जी, हाँ रामविलास जी को संगीत में गहरी रुचि थी। उन्होंने बाकायदा एक साल संगीत की शिक्षा भी ली थी। उनके संगीत-प्रेम पर देखिए विजय मोहन शर्मा द्वारा प्रस्तुत पुस्तक 'संगीत का इतिहास और भारतीय नवजागरण की समस्यायें'। प्रकाशक, वाणी प्रकाशन, नई दिल्ली।

मार्क्सवाद का विकास

इतिहास, भाषा विज्ञान, साहित्य की आलोचना—हर जगह मैंने मार्क्सवादी पद्धति का अनुसरण किया है। मार्क्सवाद के शत्रुओं को जवाब देने के लिए इस पद्धति पर जोर देना जरूरी है। भारत पर अंग्रेजों की विजय सभ्यता पर बर्बरता की विजय थी—इस स्थापना पर 'मार्क्सवादियों' को आश्चर्य होगा। क्यों होगा? इसलिए होगा कि उन्होंने मार्क्स की सारभूत (essential) और असारभूत मान्यताओं में भेद करना नहीं सीखा। पर इस तरह का भेद लेनिन ने कई जगह किया है। मार्क्स और लेनिन की सारभूत मान्यताओं से ही यह निष्कर्ष निकलता है कि भारत पर अंग्रेजों की विजय सभ्यता पर बर्बरता की विजय थी। लोग मार्क्सवाद के रचनात्मक विकास की बात करते हैं। मेरा कहना है : पहले यह तो समझ लो, स्वयं मार्क्स और एंगेल्स ने अपने चिंतन का विकास कहाँ-कहाँ किया है। 'मार्क्स और पिछड़े हुए समाज' के 'मार्क्सवादियों के अध्ययन की समस्याएं' अध्याय में इसके अनेक उदाहरण हैं। 'भारतीय इतिहास और ऐतिहासिक भौतिकवाद' के 'औद्योगिक पूँजीवाद' वाले अध्याय में हैं।

(श्याम कश्यप को लिखा पत्र 8.2.1992)

गाँधीवाद की शव परीक्षा

जिस समय सुभाषचंद्र बोस ने पट्टाभिसीतारमैया को हराया था और सोशलिस्ट, कम्युनिस्ट मिलकर काम कर रहे थे, उस समय कांग्रेस के भीतर और बाहर के वाम पक्ष के लिए बहुत अच्छा अवसर था कि गांधी पटेल को एक तरफ करके राष्ट्रीय आंदोलन की बागडोर अपने हाथ में ले लें। वैसा नहीं हुआ। मुख्य कमजोरी थी–नजवादी क्रांति के लिए किसानों को संगठित न कर पाना। 'हंस' वाले लेखों की एक कड़ी है 'कांग्रेसी मंत्रिमंडल और किसान आंदोलन' (विराम चिह्न में संकलित)। संयुक्त मोर्चे की बात करते समय किसान मजदूर विरोधी दक्षिणपंथी काँग्रेसियों को भुला न देना चाहिए। गांधी जी राजाओं और जमींदारों को ट्रस्टी मानते थे और स्वाधीन भारत में ब्रिटिश पूंजी के बने रहने का समर्थन करते थे। गाँधीवाद के इस पक्ष की आलोचना 'रूप तरंग' के साथ छपे निबंध में है। सन 30-40 के दौर में कुछ लोग समझते थे, ब्रिटिश साम्राज्यवाद के साथ देशी पूंजीवाद का नाश होगा। वे स्वदेशी आंदोलन का विरोध करते थे, मैंने उसका समर्थन किया था। दोनों के 'तीखेपन' में भेद था। एक तीखापन पूंजीवादी नेतृत्व को तटस्थ करने के लिए था, दूसरा उसका नाश करने के लिए है। ऐसे लोग गाँधीवाद की शव परीक्षा कर रहे थे।

(श्याम कश्यप को लिखा पत्र 8.2.1992)

मोर्चे पर डटे रहो

मैं तुम्हें आगरे के अपने मित्र राजनाथ शर्मा के बारे में बताना चाहता हूँ। उन्होंने हिन्दी में एम.ए. किया था। बोलने में हकलाते थे। अध्यापक बनने का सवाल न था। वह विनोद पुस्तक मंदिर के लिए छात्रोपयोगी पुस्तकें लिखने लगे। एकाध बार लड़ाई हुई, फिर सुलह हो गई। कुछ दिन प्रभात प्रकाशन के लिए अनुवाद किया। अन्य जाति में विवाह किया। पुत्री और पुत्र को जन्म देने के बाद पत्नी हार्ट स्पेशलिस्ट के गलत उपचार के कारण दिवंगत हुईं। राजनाथ ने दोनों बच्चों को पाला, पढ़ाया-लिखाया, पुत्री का ब्याह हो गया होगा। राजनाथ मौलिक आलोचक होने का दावा न करते थे पर दूसरे लोग वैसी छात्रोपयोगी पुस्तकें नहीं लिख पाए।

निराला ने विज्ञापन लिखे थे, 'बाजार का काम' करते ही रहते थे। तत्व की बात यह है कि अभी साहित्यिक आलोचना का विचार छोड़कर 'बाजार का काम' ढूंढो। जब लड़ाई लंबी हो, खाई खोदकर मोर्चे पर जमे रहने का बंदोबस्त कर लेना चाहिए।

(श्याम कश्यप को पत्र 4.2.1988)

पुरोहितों और समकक्ष मुल्लाओं के हित एक ही थे

हिन्दी जाति का इतिहास पृ. 64, पहला पैरा, चौथी पंक्ति "जो भक्तिवाद और शास्त्रों के हैं। (सूर साहित्य पृ. 90)। उद्धरण अधूरा छपा है। उसके बाद मेरे वाक्य का एक अंश छूट गया है। यहाँ कबीर, दादू अनुमान से लिख रहा हूँ। आशय यह है कि जिन संतों की भक्ति कबीर में शास्त्र सम्मत हो जाती है। पृ 32 के ऊपर वाले पैर की अंतिम पंक्ति में न छूट गया है। इसे नोट कर लेना : उसी तरह इन पुरोहितों के हित समकक्ष मुल्लाओं के हितों से न टकराते थे। (प्रूफ रीडर ने पंडितों मुल्लाओं की टक्कर करा दी जिसका मैं खंडन कर रहा हूँ।)

(अजय तिवारी के नाम पत्र 11.11.1988)

साहित्यिक उलझनें राजनीतिक उलझनों का परिणाम हैं

साहित्य में जितनी उलझनें दिखायी देती हैं, वे मूलतः राजनीतिक उलझनों का परिणाम हैं। प्रगतिशील साहित्य वामपक्ष की राजनीति से जुड़ा रहा है। वामपक्ष में बिखराव होगा तो वह साहित्य में भी दिखाई देगा। निराला ने छायावाद से हटकर जब नए ढंग से यथार्थवादी रचनाएं कीं, तब उन्हें सर्वत्र सफलता नहीं मिली। हिन्दी कविता में यथार्थवाद का विकास क्रमशः ही संभव था। उर्दू में रूमानियत ही नहीं, दरबारी गजल परंपरा से शायरों के लिए पिंड छुड़ाना बहुत मुश्किल रहा है। एक बार देशव्यापी जन आंदोलन की लहर आने दो, फिर देखना सारी उलझनें कैसे दूर होती हैं।

(अनंत कुमार 'पाषाण' के नाम पत्र 29.9.1987)

हिन्दी के बड़े पुरस्कार

पाँच छह साल पहले 'दस्तावेज़' के विश्वनाथ तिवारी से कहा था, "व्यक्तिगत रूप से मेरी राय यह है कि 15-20 हजार तक के पुरस्कार ठीक हैं। मेरे विचार से लाखों रुपये के जो बड़े पुरस्कार प्रति वर्ष बांटे जाते हैं, उनको निरक्षरता निवारण के लिए खर्च करना चाहिए। जो सबसे निरक्षर प्रदेश है, उसमें इस धन को लगाना चाहिए। 'दस्तावेज़' का वह अंक वाणी प्रकाशन द्वारा पुस्तक रूप में प्रकाशित है। पृ. 16। दिल्ली प्रशासन की हिन्दी अकादमी ने मुझे 51 हजार का शलाका पुरस्कार देने का निर्णय किया। मैंने उसे साक्षरता प्रसार पर खर्च करने के लिए उन्हें कहा। यह बात उन्होंने मान ली। 17 जनवरी की 'जनसत्ता' में यही समाचार छपा है।

मुरादाबाद के लेखकों की गोष्ठी में परंपरा के मूल्यांकन पर विचार हुआ, 'ओर' के नए अंक की चर्चा हुई, जिसमें इस विषय पर मेरा इंटरव्यू है।

(अजय तिवारी को लिखा पत्र 25.1.1989)

व्यास सम्मान

प्रिय बिड़ला जी,

आपका 14 फरवरी का पत्र कल रात आपके आदमी के हाथ मिला। आप दिल्ली में होंगे, यह सोचकर उत्तर यहीं के पते पर भेज रहा हूँ।

आपकी बधाई के लिए मैं आपको धन्यवाद देता हूँ। आपका फाउंडेशन साक्षरता प्रसार के लिए सुव्यवस्थित योजना बनाएगा, यह जानकर मुझे प्रसन्नता हुई। फाउंडेशन के सहयोगियों के साथ व्यास सम्मान समर्पित करने आप स्वयं मेरे घर आएंगे, यह मेरा सौभाग्य है। 9 मार्च के बाद और होली से पहले 14 मार्च शनिवार को सवेरे यह कार्यक्रम रखा जा सकता है। वैसे आप और टंडन जी अपनी सुविधा से जो दिन और समय निश्चित करेंगे, वह मुझे मान्य होगा।

(के.के. बिड़ला को लिखा पत्र 20.2.1992)

भारत भारती सम्मान के बारे में वक्तव्य

भारत के बहुसंख्यक हिन्दी भाषी राज्य निरक्षरता में अनेक अहिंदी राज्यों से आगे हैं। सारे देश की सामाजिक, सांस्कृतिक प्रगति के लिए यह स्थिति अत्यंत चिंताजनक है। इससे हिन्दी साहित्य जनाधार संकुचित रहता है और अपनी संख्या के अनुरूप हमारी जनता राष्ट्र के जीवन में अपनी समुचित भूमिका नहीं निबाह पाती। यह स्थिति बदली जा सकती है। हिन्दी भाषी राज्य पुरस्कारों के रूप में प्रतिवर्ष लाखों रुपये बांटते हैं। यह धनराशि यदि गरीब छात्रों में बाँट दी जाए और उन्हें साक्षरता प्रसार के काम में लगाया जाए तो केरल की तरह हम भी बीसवीं सदी का अंत होते-होते अपने यहाँ निरक्षरता को मिटा सकते हैं।

उत्तर प्रदेश हिन्दी संस्थान ने अपने सर्वोच्च सम्मान भारत भारती से मुझे अलंकृत करने का जो निर्णय लिया है, उसके लिए मैं आभार प्रकट करता हूँ। मैं सम्मान स्वीकार करता हूँ, उसके साथ अलंकरण की धनराशि अस्वीकार करता हूँ। संस्थान चाहे तो मेरे सुझाव के अनुसार उसे साक्षरता प्रसार पर खर्च कर सकता है। दुर्भाग्य से सम्मान की धनराशि जितनी बड़ी होती है, वह सम्मान उतना ही ऊंचा समझा जाता है। जिस देश के अधिकांश साहित्यकारों ने राज दरबारों से बाहर रह कर सरस्वती की सेवा हो, उसके सांस्कृतिक प्रतिष्ठान अवश्य ऐसी कीर्ति अर्जित कर सकते हैं कि वे किसी को फूलों की माला ही पहना दें तो वह अपने को गौरवान्वित अनुभव करें। इस दिशा में उत्तर प्रदेश हिन्दी संस्थान की प्रगति के लिए मेरी मंगलकामना है।

(5.9.1990)

मुख्यमंत्री उत्तर प्रदेश के नाम पत्र

सम्मान्य मुख्यमंत्री मुलायम सिंह जी,

वाजपेयी जी के हाथ भेजा हुआ आपका 15/9 का पत्र मुझे कल मिल गया। कल उनसे बातचीत के बाद साक्षरता प्रसार संबंधी योजना की जो रूपरेखा बनी वह इस प्रकार है :

1. लक्ष्य यह हो कि सन 2000 तक सारा उन्नाव जिला साक्षर हो जाए।
2. इस कार्य में छात्रवृत्ति देकर गरीब विद्यार्थियों को लगाया जाए।
3. भारत भारती पुरस्कार के एक लाख के अतिरिक्त जो धन आवश्यक हो, उसे छात्र कल्याण निधि से प्राप्त किया जाए। (वाजपेयी जी के अनुसार इस निधि में कई करोड़ रुपये जमा हैं। धन गरीब विद्यार्थियों को दिया जाएगा।)
4. साक्षरता प्रसार का सारा काम एक गैर सरकारी समिति को सौंपा जाएगा। इसमें छात्रों और अध्यापकों के प्रतिनिधि हों और कुछ पत्रकार हों। (समिति ऐसी हो कि शासन बदलने पर भी काम करती रहे।)
5. समिति के कार्य की निगरानी जिला प्रशासन करता रहे।

यह मोटी रूपरेखा मात्र है। शिक्षा मंत्री जी और उनके अधीन कर्मचारी इसे विस्तार देकर भरा पूरा बना सकते हैं।

शुभकामना सहित

(मुलायम सिंह को लिखा पत्र 19.9.1990)

भारत भवन और फोर्ड फाउंडेशन के संबंध में

अशोक वाजपेयी जी के नाम पत्र :

'समवाय' के संबंध में आपका पत्र मिला। मैं वैसे भी गोष्ठियों आदि में नहीं जाता, समकालीन आलोचना पढ़ने का समय नहीं निकाल पाता। इसलिए आपके आयोजन में भाग लेना संभव नहीं है। पर यह स्पष्ट कर देना उचित होगा कि भारत भवन को फोर्ड फाउंडेशन का सहयोग प्राप्त हुआ है, ऐसा सुना है। इस कारण मैं विशेष रूप से उक्त आयोजन में भाग न ले सकूँगा।

(4.9.1986)

सोमदत्त के नाम पत्र :

आपका 14/9 का पत्र मिला।

यदि आप 'साक्षात्कार' में लिख दें कि भारत भवन ने फोर्ड फाउंडेशन से पैसे लेकर गलती की है, तो मैंने अजय तिवारी को जो सलाह दी है, उसे वापस ले लूँगा।

(22.8.1986)

अजय तिवारी के नाम पत्र :

9/8 का पत्र मिला। तुमने सोमदत्त को बहुत अच्छा पत्र लिखा है। कहो कि उसे छाप दें।

(11.8.1986)

किसी विद्वान का कुलपति बनना

जब कोई विद्वान यह सोच ले कि पढ़ने-लिखने में समय बिताना जरूरी नहीं है, तब उसके कुलपति बन जाने में कोई हानि नहीं है।

(नंदकिशोर नवल के नाम पत्र 14.2.1974)

रामविलास जी उन दिनों कन्हैयालाल माणिकलाल मुंशी हिन्दी तथा भाषा विज्ञान विद्यापीठ आगरा के निदेशक थे। आगरा विश्वविद्यालय के कुलपति श्री बालकृष्ण राव थे। आम तौर से अध्यापक चाहते हैं कि उनका नाम विभिन्न परीक्षा-समितियों में हो ताकि वह उससे कुछ लाभ उठा सकें। रामविलास जी को लगता था कि इन बैठकों में समय नष्ट होता है, इसलिए उन्होंने लिखा,

आदरणीय कुलपति जी,

निवेदन है कि परीक्षा-समिति की बैठकों में जितना समय लगता है, उससे मेरे अध्ययन में बाधा पड़ती है, अतः कृपया इसकी सदस्यता से मुझे मुक्त कर दें।

राष्ट्रपति भवन में आयोजित निराला-जयंती समारोह

बाँके बिहारी भटनागर जी ने रामविलास जी को पत्र लिखा :

"जो काम मैं निराला जी के रहते न कर सका उसे अब उनके न रहने पर कर रहा हूँ, इसका मुझे दुःख तो है किन्तु मन की लगन है और उसमें आपका सहयोग आवश्यक है।

समारोह 1/3/62 को होगा—प्रातः 11 बजे राष्ट्रपति भवन में और सांय 6 बजे कॉन्स्टीट्यूशन क्लब में। प्रातः सभा का उद्घाटन राष्ट्रपति करेंगे और सांय गोष्ठी की अध्यक्षता हज़ारीप्रसाद जी करेंगे। मेरी तीव्र अभिलाषा है कि आप इस समारोह में भाग लें, निराला जी के संबंध में कुछ निष्कर्षकारी संस्मरण सुनाएं तथा निराला जी पर अपनी कविता का भी पाठ करें। मुझे विश्वास है आप मेरा आग्रह टालेंगे नहीं और अपने आने के समय की सूचना तत्काल देंगे।

निराला जी से संबंधित कविताओं का संग्रह भी वितरणार्थ छापा जा रहा है। उसमें आपकी रचना भी होगी। आशा है आपको कोई आपत्ति न होगी।

निराला संबंधी प्रदर्शिनी का भी आयोजन है। कृपया निराला जी के कुछ चित्र, पत्र, पांडुलिपि आदि, जो आपके पास हों, अपने साथ अवश्य लाएं।"

रामविलास जी ने इस पत्र के उत्तर में लिखा :

"3/2 के पत्र के लिए धन्यवाद। मैं सोचता हूँ कि यदि निराला जी जीवित होते तो राष्ट्रपति भवन और कॉन्स्टीट्यूशन क्लब के समारोहों के बारे में क्या कहते। जो कुछ कहते, उसे सोचकर आने का साहस नहीं हुआ। क्षमा करें।

नागार्जुन का आगरा आना

नागार्जुन ने सूचना दी है—"28 को रविवार है। एक आध दिन आगे-पीछे मैं आगरा पहुँच रहा हूँ।" मैंने सूचना दी है, मैथिल कविताएं लाना; मैं Shakespeare और Milton सुनाऊँगा। नागार्जुन ने बकौल खुद, बांदा-स्मृति और केदार पर कुल मिलाकर 99 लाइनों की कविता लिखी है जो बकौल नागार्जुन-केदार दोनों के, बहुत बढ़िया है।

नीलम की घाटी में उजला
श्वेत कमल-कानन है बांदा

सुनना है तो आओ।
आजकल पढ़ रहा हूँ।

(मुंशी जी के नाम पत्र 26.10.1956)

मार्क्सवाद असीम है

ब्रह्म के समान मार्क्सवाद असीम है। ब्रह्म से भिन्न वह निरंतर विकासमान है। अतः उसकी सीमाओं की बात करना व्यर्थ है।

(हरदयाल जी के नाम पत्र 8.4.1987)

*

विरोध में उद्धरण

तुमने मेरे समर्थन में नामवर सिंह को उद्धृत किया है। इसमें चतुराई की गंध आती है। उद्धृत ही करना है तो जो विरोध में कहा है, उसका उल्लेख भी कर देना चाहिए।

(श्याम कश्यप के नाम पत्र 8.2.1992)

***

डॉ. रामविलास शर्मा

ऊंचगाँव-सानी (जिला उन्नाव) में 10 अक्टूबर 1912 को जन्मे रामविलास शर्मा ने 1934 में लखनऊ विश्वविद्यालय से अंग्रेजी साहित्य में एम.ए. किया था। वहीं से 1938 में पीएच.डी. करने के बाद पाँच वर्षों तक अंग्रेजी विभाग में अध्यापन; सन 1943 से 1971 तक आगरा के बी.आर. कालेज में अंग्रेजी विभाग के अध्यक्ष रहे। आगरा विश्वविद्यालय के कुलपति के विशेष अनुरोध पर सन 1974 तक के.एम. हिन्दी संस्थान के निदेशक का कार्यभार स्वीकार किया तथा अंतिम बीस वर्षों में दिल्ली में निवास और अनेक युगांतरकारी कृतियों की रचना।

देशभक्ति और मार्क्सवादी चेतना रामविलास जी के चिंतन के केंद्र-बिन्दु रहे। उन्होंने शुरुआत एक कवि के रूप में की थी तथा 'तार सप्तक' में संकलित कविताओं के अतिरिक्त उनके तीन काव्य संग्रह और प्रकाशित हुए। डॉ. शर्मा ने हिन्दी आलोचना को कलावाद की अंधेरी खाई से निकालकर यथार्थवादी चिंतन की दृढ़ आधारभूमि प्रदान की तथा हमारे देश में मार्क्सवादी समीक्षा और सौंदर्यशास्त्र की नींव रखी। उन्हें आचार्य रामचन्द्र शुक्ल जी के बाद देश का सर्वोच्च समालोचक माना जाता है। उनकी लेखनी से वाल्मीकि, कालिदास, भवभूति और भक्ति आंदोलन से लेकर भारतेन्दु, महावीरप्रसाद द्विवेदी, रामचन्द्र शुक्ल, प्रेमचंद, निराला, मुक्तिबोध तथा केदारनाथ अग्रवाल, नागार्जुन, त्रिलोचन और अमृतलाल नागर तक के सम्पूर्ण हिन्दी साहित्य और विशिष्ट रचनाकारों का सर्वाधिक वस्तुनिष्ठ मूल्यांकन हुआ। उन्होंने ही सर्वप्रथम 'भारतीय साहित्य' और 'हिन्दी जाति के साहित्य' की अवधारणाएं उनके सही परिप्रेक्ष्य में प्रस्तुत कर साहित्य के इतिहास-लेखन का एक नया और वैज्ञानिक दृष्टिकोण सामने रखा।

डॉ. शर्मा ने अपनी भाषावैज्ञानिक कृतियों से इस विज्ञान में एक नये 'स्कूल' का आरंभ करने के बाद अपनी इतिहास और दर्शन संबंधी रचनाओं से प्रचलित मान्यताओं को एक नए सिरे से बदल डाला। रामविलास शर्मा 1949 से 1953 तक अखिल भारतीय प्रगतिशील लेखक संघ के महासचिव भी रहे। वे साहित्य अकादमी सहित अनेक राष्ट्रीय और अंतर्राष्ट्रीय पुरस्कारों से सम्मानित हुए। उन्होंने अधिकांश पुरस्कारों से जुड़ी धनराशि को देश में साक्षरता प्रसार के लिए दान कर दिया।

महाप्रयाण : 30 मई 2000, दिल्ली में